FINDING HOME

BUSCANDO EL HOGAR

To my mother.
    To my friend Mari. —E.M.

A mi mamá.
    A mi amiga Mari. —E.M.

Originally published in English as *Finding Home*

Copyright © 2021 by Estelí Meza
Translation copyright © 2021 by Scholastic Inc.

ISBN 978-1-338-74496-5

10 9 8 7 6 5 4 3   22 23 24 25

Printed in the U.S.A. 40
First bilingual edition, 2021

Book design by Rae Crawford

The text was set in Mrs. Ant Regular.
The illustrations were created using collage, digital scanning, and Photoshop.

FINDING HOME

BUSCANDO EL HOGAR

Estelí Meza

Scholastic Inc.

With the arrival of fall came a gust of wind that blew Conejo's house away.

Con la llegada del otoño vino una ráfaga de viento que se llevó la casa de Conejo.

Conejo followed the trace of the wind until he felt very tired.
He began to wonder if he would ever find his house, when all of
a sudden, he heard Lobo Lobito honking his horn.

Conejo siguió el rastro del viento hasta que se sintió muy cansado.
Se preguntaba si alguna vez encontraría su casa cuando,
de repente, escuchó a Lobo Lobito sonando su bocina.

"Hi, Conejo! Do you want to go for a ride?"
"I'm in luck!" said Conejo. "Will you help me
look for my house?"

—¡Hola, Conejo! ¿Quieres dar un paseo?
—¡Qué suerte! —dijo Conejo—. ¿Me ayudarías
a buscar mi casa?

Together, they drove over mountains
and crossed valleys.
But they didn't find Conejo's house.

Juntos subieron montañas
y cruzaron valles,
pero no encontraron la casa de Conejo.

Lobo Lobito tried to cheer him up.
"Everything will be all right.
Say cheese, Conejo!"

Lobo Lobito trató de alegrarlo.
—Todo va a estar bien.
¡Sonríele a la cámara, Conejo!

Conejo set off again in a good mood.
"Bye, Lobo Lobito. Thank you!"

Conejo partió nuevamente con buen ánimo.
—Adiós, Lobo Lobito. ¡Gracias!

Conejo walked and walked until he came to a colorful jungle.
The branches shook in a nearby tree. It was his friend Perezoso.
"You look worried, Conejo."
"I'm searching for my house. A gust of wind carried it away."
"Let's look for it together!" said Perezoso.

Conejo caminó y caminó hasta llegar a una selva colorida.
Las ramas de un árbol cercano se mecieron. Era su amigo Perezoso.
—Conejo, pareces preocupado.
—Estoy buscando mi casa. Una ráfaga de viento se la llevó.
—¡Busquémosla juntos! —dijo Perezoso.

They climbed the tallest tree in the jungle
and looked out over a sea of leaves.
"I don't see your house, Conejo. I'm sorry."

Treparon al árbol más alto de la selva
y miraron por encima del mar de hojas.
—No veo tu casa, Conejo. Lo siento.

"But I have something for you!
A little gift. My very favorite flower."
"I love it!" said Conejo. "See you soon, Perezoso.
Thanks for everything."
Conejo set off, feeling hopeful.

—¡Pero tengo algo para ti!
Es un regalito. Mi flor favorita.
—Me encanta —dijo Conejo—. Hasta pronto, Perezoso.
Gracias por todo.
Conejo partió esperanzado.

After leaving the jungle behind,
Conejo traveled to a small town.
"Hi, Buhita," he called. "Can I come in?"
"Of course, Conejo. You are always welcome here."

Después de dejar la selva atrás,
Conejo llegó a un pueblito.
—Hola, Buhita —llamó—. ¿Puedo entrar?
—Claro, Conejo. Aquí siempre eres bienvenido.

Conejo told Buhita about his troubles
over a cup of hot tea.

Conejo le contó sus problemas
a Buhita mientras tomaban
una taza de té caliente.

"You know, Conejo? Maybe I can't help you find
your house, but I'll give you my music and my stories."

—¿Sabes, Conejo? Tal vez no pueda ayudarte a encontrar
tu casa, pero te brindaré mi música y mis cuentos.

Conejo set off once more,
filled with warmth.

Conejo partió una vez más
con una sensación cálida.

Soon, Conejo came to a stream. He thought about the
gifts and good cheer his friends had given him.
But when Conejo looked at his reflection in the water,
he saw sadness.

Pronto, Conejo llegó a un arroyo. Pensó en los regalos
y en el ánimo que sus amigos le habían dado.
Pero cuando miró su reflejo en el agua,
Conejo notó tristeza.

Conejo sat with sadness
for some time.

Conejo se sentó entristecido
por un rato.

When the rain had cleared,
Conejo felt a breeze that blew
in a different direction than before.

Cuando cesó la lluvia,
Conejo sintió una brisa que soplaba
en una dirección distinta a la de antes.

Conejo did not find his old house. But he found his way.
He filled his new home with memories.
A photo. A flower. A book. And plenty of music and stories.

Conejo no encontró su antigua casa, pero encontró el camino.
Llenó de recuerdos su nuevo hogar.
Una foto, una flor, un libro y mucha música y cuentos.

AUTHOR'S NOTE

My inspiration to create this book came from many experiences. In 2017, Puerto Rico was struck by Hurricane Maria, and Mexico City, where I live, was hit by a strong earthquake. So many were left homeless and had to rebuild from scratch. This makes me think about the immigrant experience, and those who leave their home countries behind to find a new home.

This is also a story about finding ourselves. It is important to sit with our complicated feelings and explore them. And it is okay to turn to friends and loved ones when we need help. Sometimes sadness decides to stay with us for a moment, but this doesn't mean it will be forever. You are loved and you are strong, and when you are ready, you will find your way.

—Estelí Meza

NOTA DE LA AUTORA

La inspiración para crear este libro nació de muchas experiencias. En 2017, Puerto Rico fue azotado por el huracán María, y en Ciudad de México, donde vivo, hubo un fuerte terremoto. Muchas personas se quedaron sin casa y tuvieron que comenzar desde cero. Esto me hizo pensar en la experiencia del inmigrante y en aquellos que dejan atrás su país natal en busca de un nuevo hogar.

Esta es también una historia sobre encontrarnos a nosotros mismos. Es importante meditar sobre los sentimientos complejos y explorarlos. No hay nada de malo en acudir a los amigos y a los seres queridos cuando se necesita ayuda. A veces la tristeza dura un tiempo, pero eso no quiere decir que permanecerá para siempre. Eres una persona fuerte y tienes el afecto de los tuyos, así que, cuando llegue el momento, encontrarás tu camino.

—Estelí Meza

Estelí Meza grew up surrounded by books, and her love for illustration began when she attended la Feria del Libro Infantil y Juvenil with her father. In 2018, Estelí was awarded A la Orilla del Viento, the premier picture book award in Mexico. She has illustrated books published in Mexico, Spain, and the United Arab Emirates, and *Finding Home* is her author-illustrator debut in the United States. Estelí spends her days drawing in her neighborhood in Mexico City and is always happiest with her notebook and pencil, and a chocolate pastry and cafecito.

Estelí Meza creció rodeada de libros, y su amor por la ilustración comenzó cuando asistió a la Feria del Libro Infantil y Juvenil con su padre. En 2018 fue galardonada con A la Orilla del Viento, el premio principal para libros ilustrados en México. Estelí ha ilustrado libros publicados en México, España y los Emiratos Árabes Unidos, y *Buscando el hogar* es su debut como autora e ilustradora en Estados Unidos. Estelí pasa el tiempo dibujando en su barrio de Ciudad de México y es más feliz cuando se encuentra con su cuaderno y su lápiz, un pastel de chocolate y un cafecito.